Irma v. Nagy:
Sündige Liebe. Geständnisse eines vornehmen Mädchens

I0639842

Nagy, Irma v.: Sündige Liebe. Geständnisse eines vornehmen
Mädchens
Hamburg, SEVERUS Verlag 2014

ISBN: 978-3-86347-900-8
Druck: SEVERUS Verlag, Hamburg, 2014

Der Text folgt der Ausgabe von 1908

Der Text wurde aus Fraktur übertragen. Die Orthographie wurde
behutsam modernisiert, grammatikalische Eigenheiten bleiben
gewahrt. Die Interpunktion folgt der Druckvorlage.

Der SEVERUS Verlag ist ein Imprint der Diplomica Verlag GmbH.

Bibliografische Information der Deutschen Nationalbibliothek: Die
Deutsche Nationalbibliothek verzeichnet diese Publikation in der
Deutschen Nationalbibliografie; detaillierte bibliografische Daten
sind im Internet über http://dnb.d-nb.de abrufbar.

Irma v. Nagy

Sündige
Liebe

*Geständnisse eines vornehmen
Mädchens*

Einzig autorisierte
Übersetzung aus dem Ungarischen
von Mathilde B.

Vorwort

Der Leser dürfte dieses Buch gewiß mit erhöhter Neugierde zur Hand nehmen, weil er für die sündhafte Liebe
eines vornehmen Mädchens ohne Zweifel Interesse hegt.
Ich muß indessen gestehen, daß meine Aufzeichnungen
keineswegs den Zweck verfolgen, lüsterne Wünsche zu
befriedigen und daß ich keinen Augenblick daran dachte,
Nerven zu erregen. Wenn es im menschlichen Leben
wirklich etwas Trauriges gibt, so ist es mein Los. Denn
die Tragödie meines Lebens ist groß, lasterhaft und er-
schütternd. Ich muß mein Leben als eine Tragödie be-
zeichnen, weil ich nicht sündhaft bin, weil ich mich nach
den höheren Begriffen der Moral rein fühle, auch wenn
mich die berauschenden Stunden heißer Leidenschaften
zu ihrer Sklavin machten.

Es werden sich Leser finden, welche mich verurteilen;
so Mancher wird mich bedauern und mit mir weinen.

In jedem Falle aber werden viele – namentlich Mädchen unserer vornehmen Gesellschaft – aus meinem Schicksal so manche wertvolle Lehre ziehen. Meine Jugend fand im Zeichen der Verderbtheit, aber nicht etwa, weil ich die Sünde liebte, sondern weil ich mich aus ihren Armen nicht befreien konnte. Die Ärzte halten mich für krank, die Scheinheiligen für lasterhaft, die Wahrheitsliebenden für ein bedauernswertes Geschöpf. Ich bestreite nichts. Was könnte ich damit auch erreichen? Der Leser wird erkennen, daß alle Begleiterscheinungen meines Lebens die Tendenz hatten, mich in die Tiefe zu zerren. Ich kann nichts dafür, daß meine Schönheit die Männer geblendet hat, ich war blind für die Vorzüge meiner Gestalt. Die Verführte war nur ich selbst.

Nichtsdestoweniger erfüllt mich heute eine gewisse Beruhigung, wenn ich auf die Jahre wahnsinniger Liebe zurückblicke. Ich habe geliebt, weil die Liebe heiß ist, und ich habe gelitten, weil man die Liebe mit qualvoller Pein bezahlen muß.

Ich kann es nicht leugnen, daß ich vieler Freuden, vieler Glückseligkeit teilhaftig wurde, und ich schäme mich nicht zu gestehen, daß ich oft das Gefühl sehnsuchtsvoller Pein empfunden habe.

Ich geriet aber nie in Verzweiflung, denn ich besaß zwei leuchtende Augen, rote Lippen und zwei weiße Arme, die zu liebenden Umfangen wie geschaffen waren.

Und das sind Dinge, mit welchen man die Macht gekrönter Häupter festigen und stürzen kann. Ich habe lange gezögert, ob ich meine Erinnerungen auszeichnen soll. Es gehört kein geringer Mut dazu, vor die große Öffentlichkeit zu treten und als Heldin eines käuflichen Buches den mörderischen Waffen gefühlloser Zungen entgegen zu treten. Ich habe es dennoch getan, weil das Gefühl der Wahrheitsliebe schließlich in mir gesiegt hat. Und wenn ich – heute schon über dem Verdacht der so-genannten guten Gesellschaft erhaben und als allgemein geachtetes Mitglied derselben – nicht so viel Mut hatte, um unter meinem eigenen Namen vor das Kritik übende und gewiß nachsichtige Publikum zu treten, sondern mich unter einem Pseudonym verberge, so glaube ich, daß mir dies meine Leser verzeihen werden.

Irma von Nagy

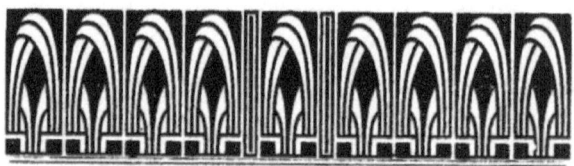

Frühzeitig mußte ich erfahren, daß Vermögen, Wohlstand und Bequemlichkeit für die Glückseligkeit nicht ausreichen. Wäre ich in Armut, im Elend geboren worden, so hätte ich mich in jenem Kreise, in welchem ich mich zur Zeit meines sechzehnten Lebensjahres befand, vielleicht, besser gesagt ganz gewiß glücklich gefühlt. Ich will Niemanden anklagen oder belehren, und nur zu meiner eigenen Beruhigung will ich es nieder schreiben, daß die sogenannten vornehmen Eltern keinen Begriff davon haben, wie sie Kinder, vornehmlich Mädchen erziehen sollen. Es- hört sich vielleicht unsinnig an, ist aber darum nicht weniger Tatsache, daß wir reichen Mädchen außer dem Körper und der Seele noch einen anderen Körper haben, welchen die Eltern nicht kennen. Die Mutter, die Erzieherin, die Schule, die Gesellschaft bilden die Seele, sogar in hohem Maße; das Geld, liebende Fürsorge, die Eitelkeit, der Geschmack pflegen, verschönern und kleiden den einen Körper, aber man vergißt, sich um den anderen Körper zu kümmern. Das ist nicht der menschliche, sondern der weibliche Körper.

Zum ersten Male betrat ich den Ballsaal. Mit naiver Seele, jugendlicher Träumerei hatte ich mich nach dem glänzenden Ballsaal gesehnt, nachdem ich die herrliche

Romantik derartiger Unterhaltungen aus den Büchern schon recht gut kennen gelernt hatte.

An meinen ersten Ball ist auch die Erinnerung an mein erstes langes Kleid geknüpft. Meine hübschen, wohlgeformten Knöchel haben mit einem Schlage aufgehört, die Sensation der Straße zu bilden und die gierigen Männeraugen konnten nur mehr auf den Flügeln der Vermutung zu den rundlichen Linien gelangen. Ein junger Fant hat mir das auch während des Walzers zugeflüstert und hinzugefügt, daß ihm die Form meines kleinen Fußes für ewige Zeiten eine Erinnerung an seine Jugendzeit bleiben werde.

Die jungen Herren hatten mich geradezu umschwärmt. Sie konnten es tun, ohne irgendwelches Opfer zu bringen: ich war jung und auffallend schön, mein Vater in hoher Staatsstellung und ein steinreicher Mann. So glücklich treffen sich die Verhältnisse gewiß nur recht selten. An jenem Abend bin ich wohl besonders schön gewesen. Mein erstes ausgeschnittenes Kleid hatte ein Vermögen gekostet. Mein Gesicht, beschattet von reichem, rabenschwarzen Haar, war rosig angehauchte wie zum Küssen geschaffen meine Augen leuchteten. Meine halbgeöffneten Lippen waren kirschrot mein Busen blendend weiß und glatt wie Samt.

Und es kamen die Tänzer, junge und alte Herren, hielten meine sich wiegende, geschmeidige Taille heiß umschlungen und führten mich – nein flogen mit mir im Tanzsaale herum. Noch niemals empfand ich eine ähnliche Unruhe. So viele Augen waren noch nie auf mich gerichtet gewesen. Der glänzend beleuchtete Saal, die prickelnde, einschmeichelnde Musik, die parfümgeschwängerte Atmosphäre und die mir zugeflüsterten Liebesbeteuerungen

9

meiner Tänzer, dies Alles hatte mich in einen traumhaften Zustand versetzt und zwang mich in einer Anwandlung von Schwäche, mein kraftloses Haupt an die Schulter meines Ritters zu lehnen. In solchen Momenten blickten mir meine Tänzer mit kühner Verständnislosigkeit ins Auge.

Anfänglich erschrak ich vor diesen kühnen, herausfordernden Blicken, später erregten sie meine Neugierde und ich provozierte dieselben sogar. Schon in meiner Kindheit war ich eine Freundin des Unbekannten und immer bestrebt, Geheimnisse zu ergründen. Aus den feurigen Männerblicken leuchtete mir etwas Neues, Unbekanntes entgegen. Und ich stand Minuten lang vor einem schweren Problem. Ein Mann, – fragte ich mich selbst – was ist der Mann?

Und es war mir, als offenbarten sich mir erst jetzt die vielen tausend Geheimnisse der Erkenntnis.

Wir sind alle Menschen und dennoch gibt es zweierlei Geschlechter. Warum habe ich bisher nicht den Mann beachtet? Warum kleidet er sich anders, warum spricht er anders, warum ist sein Blick ein anderer?

Ich wußte, daß mir diese Nacht keine Antwort bringen werde. Allein fortan hat mich alles aufgeregt, was mit mir und um mich herum geschah. So weich, so seltsam schmiegten sich die Hände der Männer an mich. Und ihre Lippen sprachen so sonderbare Dinge. Der eine sprach vom Küssen, der andere von Liebe und das waren für mich lauter neue, höchst merkwürde Dinge, von welchen ich bisher nie gesprochen hatte. Vielleicht deshalb nicht, weil sich in meiner Umgebung Niemand befand, mit dem ich hierüber sprechen hätte können. Männer, welche sich um mich gekümmert hätten, haben in unserem Hause kaum verkehrt.

Bei den müden Tönen der Musik verließen wir den

Tanzsaal. Die schützenden Hände der Mutter hüllten meinen erhitzten Körper in einen Mantel. In den Wagen wollte ich jedoch nicht steigen. Ein sehnsüchtiges Verlangen erfaßte mich, der nebelhaften winterlichen Morgendämmerung entgegenzugehen. Frisch gefallener Schnee knisterte unter meinen kleinen, weißen Schuhen und begann unter dem warmen Absatze zu schmelzen. Mit den Eltern habe ich nicht gesprochen. Die denkwürdigen Augenblicke der Nacht hielten mich vollkommen umfangen und ich empfand eine ungewisse Müdigkeit.

Heimgekehrt, gab mir die Mutter einen Kuß und schickte mich zu Bett. Ich fand keine Ruhe. Ich verlöschte die Lampe, ein kaltes Grau erfüllte das weiße Mädchenzimmer, ich aber sah grelle Farben, lüsterne Bilder, und bisher unbekannte Linien und Gestalten. Immer war es das Bild des Mannes, welches vor mir erschien.

In tausend Formen, in tausend Verschiedenheiten und immer sonderbarer, immer unfaßbarer. Meine Bekannten sind mir erschienen. Plötzlich erblickte ich das Gesicht meiner verheirateten Schwester. In einem weißen Bette ruhend blickt sie mit lächelndem Gesichte zur Türe. Jemand kommt. Ein Mann, ein schöner Mann von ritterlicher Gestalt, er neigt sich über sie, küßt und umarmt meine Schwester, sein Arm schmiegt sich zärtlich an den ihrigen, sein Gesicht sinkt auf ihren weißen Busen... Die Vision verschwindet. Wer war dieser Mann? Das war nicht der Mann meiner Schwester!

Ein neues Bild. Ein Mann küßt meiner Mutter die Hand. Aber nicht so, wie ich es gewöhnlich tue, sondern so lange, so warm, und dabei blickt er meine Mutter so sonderbar an. Wer ist dieser Mann? Das ist nicht mein Vater! Mir aber kommt er so bekannt vor, so sehr bekannt!

Und es kommen noch sonderbarere Träume. Überall und überall ein anderer Mann. Sie küssen, umarmen und lieben.

Der eine küßt unausgesetzt meinen Arm, der andere nur meinen Fuß. Und wie glühend ihre Küsse sind! Und ich kann mich nicht bewegen, ich unterliege einer unbekannten Macht.

Ich erwachte. Kaum einige Stunden hielt mich der Schlaf umfangen. Im Hause ist alles ruhig, die Eltern schlafen gewiß noch. Wie sonderbar doch meine Träume waren. Ich begann nachzudenken. War all dies wirklich nur ein Traum? Das war wohl kaum der Fall, denn meine Schwester ist einmal wirklich von einem Mann geküßt, worden, der sie nicht zu seiner Frau gemacht hat! Daran habe ich früher nie gedacht.

Ich erinnere mich ganz deutlich daran, trotzdem ich damals noch ein sehr kleines Mädchen war. Es gab damals viel Leid und viele Tränen in unserem Hause. Es hieß, dieser Mann sei ein großer Schurke und habe meine Schwester zu Grunde gerichtet· Aber womit hatte er sie zu Grunde gerichtet? Sie ist ja verheiratet und wird von ihrem Gatten sehr geliebt!

Und meine Mutter? Als hörte ich in Geheimen noch jetzt die harte Drohung des Vaters und den Schwur meiner Mutter...

Ich glaube auch, daß meine Mutter unschuldig ist, denn es ist doch keine Sünde, wenn man ihr die Hand küßt!

Ich grübelte und grübelte und sonderbare Gefühle erfaßten mich. In meinem Kopfe hat es gesummt und gehämmert und eine eigentümliche Glut durchschauerte meinen ganzen Körper. Ich wußte nicht, wohin ich meine Füße, meine Arme legen soll, konnte keine Ruhe finden, heißer Schweiß brach aus meinen Poren. Ich warf die

Bettdecke von mir, fuhr mit der Hand über meine müden Glieder, welchen diese zarte Berührung so wohl tat...

Was war mit mir geschehen? Ich sprang aus dem Bette, warf alles von mir und stellte mich vor den großen Ankleidespiegel. Ich betrachtete, ich prüfte meine Gestalt. Ich betrachtete, ich prüfte meine Bewegungen, meine Formen, bedeckte mich mit meinem aufgelösten Haare, dann warf ich plötzlich den Kopf zurück und ergötzte mich an den Veränderungen meines Bildes.

In diesem Augenblicke schlug eine männliche, harte Stimme an mein Ohr. Im Nachbarzimmer erkundigte sich der Erzieher meines jüngeren Bruders nach seinem Zögling. Ich glitt zur Türe und lauschte.

„Ich bitte zu warten, er schläft noch," antwortete das Dienstmädchen und ließ ihn allein.

Mir war es, als ob sich die Welt mit mir drehen würde. In unerklärlicher Bewußtlosigkeit entschlüpften meinem Munde die Worte: „Herr Forrai!"

Die Türe öffnete sich und der Erzieher trat ins Zimmer. Er geriet in Verlegenheit, als er mein in Unordnung befindliches Gemach erblickte. Ich spähte hinter dem Ofen nach seinem Gesichte. Ein ungepflegter, aber hübscher Junge. Hoch gewachsen, schlank, schwarze Augen, feuriger Blick. Seine dicken, roten, schwellenden Lippen schienen unsichtbare Gestalten zu küssen. Er machte einige mutlose Schritte nach vorwärts, dann wollte er sich eben zur Rückkehr wenden, als ich vor ihn hintrat. Ich wußte nicht, was ich tat. Ich fühlte nicht, daß es mir – völlig entkleidet – nicht gestattet wäre, mich einem Manne zu zeigen. Ich konnte nicht anders, die verflossene Nacht und deren Träume hatten mich verdorben.

Ich fiel ihm um den Hals und zog ihn an mein Lager. Ich

sah auf seinem Gesichte den Schrecken und die Befangenheit der unmöglichen Situation ausgedrückt, aber er konnte sich meiner gewaltsamen Umarmung nicht entziehen. Eine unverkennbare Schwäche gab sich in der Willenlosigkeit seines Blickes kund, sein Gesicht wurde kreideweiß und er begann zu zittern, am ganzen Leibe zu zittern.

Er wollte sprechen, meine Lippen verschlossen ihm den Mund. Er wollte sich meinen Armen entwinden, ich gestattete es nicht. Niemals hätte ich gedacht, daß ich so viel Kraft besitze. Ich zwang ihn, mit mir wahnsinnige Küsse zu tauschen. Ich beraubte ihn seiner Nüchternheit, unterdrückte seine Energie und zwang ihn zur Lösung der unbekannten Fragen...ich nahm den Kampf auf gegen das große Unbekannte, gegen den Mann.

Im Hause pflegte noch alles der Ruhe. Forrai schlich sich in sein Zimmer, ich fiel entsetzt auf mein Lager zurück, geschwächt, todmüde...

Und während ich nach und nach in Halbschlummer verfiel, umfing mich ein geheimnisvolles Gefühl und eine leise Ahnung stieg in mir auf, daß ich etwas verloren habe, was ich nie, nie mehr wiederfinden werde...

Wie farbige Blumensträuße schweben mir die stimmungsvollen Bilder der Kleinstadt auch heute noch vor. Dorf, hinter den niedrigen, mit grünen Jalousien versehenen Fenstern spann ich die Träume meiner Kinderjahre. An die engen, kotigen, kleinen Gassen knüpft sich die Erinnerung an meine ersten übermütigen Streiche, an meine ersten ernsten Gedanken, die kleinlichen Menschen der Kleinstadt waren das Relief meiner unschuldigen Grübeleien und der vielen Fragen, welche ein heranwachsendes Mädchen beschäftigen.

Ich war wohl nicht mehr unwissend, aber noch immer viel zu naiv, um die volle Tragweite meines Fehltrittes zu erkennen. Heute muß ich auch darüber staunen, daß ich nicht vor meine Mutter trat, um ihr zu sagen, welche sonderbare, welche komische, welche großartige Begebenheit mir widerfahren sei. Ich glaube, daß das Schamgefühl unbewußt in uns lebt und das ist entweder unser Glück oder unser Unglück.

Um die harmonische Ruhe meiner Seele war es aber geschehen und ich beobachtete jetzt schon mit offenen Augen das geräuschvolle, lärmende Leben meiner Umgebung. Jetzt unterschied ich schon eine genaue Grenze zwischen der

Rolle des Berufes und der Bestimmung des Mannes und der Frau. Die Beziehungen der beiden Geschlechter zu einander begannen mich lebhaft zu interessieren, obzwar ich kaum in der Lage wäre, den Zeitpunkt der völligen Erkenntnis festzustellen. Das kleine, dumme, traumhafte Kind verwandelte sich unbemerkt zum Weibe. Die Entschleierung der geahnten Mysterien hat mir aber nicht geringen Schrecken eingeflößt.

Ich begann mich zu beobachten, untersuchte meinen Gesundheitszustand und gelangte zu der betrübenden Wahrnehmung, daß ich das Opfer meines leichtsinnigen Liebesabenteuers geworden war. Unter den Büchern meiner Mutter fand ich auch verborgene Hefte. Gierig verschlang ich die anklagenden Zeilen und meine von Tag zu Tag zunehmende Blässe belehrte mich darüber, daß ich krank sei. Ich forschte nach gewissen Symptomen und fand dieselben. Ich hatte entsetzliche Seelenkämpfe zu bestehen. Und ich wagte mich niemandem zu offenbaren, viel lieber dachte ich an Selbstmord und erwartete den Tod.

Und doch war alles nur dumme Einbildung. Ich hatte ein Gefühl, als ob vor mir jemand in eine Zitrone gebissen und auch mein Gaumen den säuerlichen Geschmack empfunden hätte. Nach und nach gelang es mir, mich von meinen quälenden Sorgen zu befreien, die unschuldige Ruhe meiner kindlichen Seele kehrte wieder zurück, eher schon gepaart mit der Erwägung des Verstandes. Ich erkannte nunmehr ganz klar, daß der Freude das Leid auf den Fersen folgt und leistete mir einen heiligen Eid, daß ich den Pfad der Tugend nicht verlassen werde, bis nicht ein stattlicher Ritter um mich kommt, dem mein schöner, weicher Körper mit Fug und Recht angehören wird.

Und es kam der Frühling mit seinen unvergleichlichen

Freuden. In den Fenstern der niedrigen Häuser sah man überall farbige, sorgfältig gepflegte Blumentöpfe, vor den Häusern liebliche Blumenhaine, offene Akazien, reiche Orchideen. Und darüber spannte sich der blaue Himmel, wo weiße Lämmerwolken ihr neckisches Spiel trieben, als ob sie liebliche Traumgebilde verbergen wollten. Das ist der Lenz in seiner ganzen Pracht und Herrlichkeit, die Wonnezeit Verliebter und Liebender. Die Abende sind so verlockend, die Nächte so ahnungsvoll. Und ich war gezwungen, selbst die Rolle zu übernehmen, mein heißes Blut in Zügel zu halten. Ich wurde der Wächter meiner eigenen Gefangenschaft.

Eine unendliche Sehnsucht hatte mich erfaßt, aber ich kehrte von den Lockungen der Versuchung immer wieder zu den nüchternen Erwägungen des Verstandes zurück. Ich bestrebte mich, meinem Gedankengange eine andere Richtung zu geben. Ein kühnes Werk wollte ich vollbringen, ein großes, ein überwältigendes, ein Werk, welches alle Freuden überragt. Aber was sollte dies nur sein? Diese Frage quälte mich so lange, bis ich eines schönen Tages erkannte, daß der enge Rahmen unserer Kleinstadt mein Seelenleben entsetzlich unterdrückt und gefangen hält. Lange schon empfand ich eine unbestimmte Sehnsucht nach den mir ihrem Rufe nach bekannten berauschenden Vergnügungen der Großstadt. Und jetzt entstand in mir der feste Entschluß, um jeden Preis die Großstadt kennen zu lernen. Hinfliegen wollte ich in das Eldorado der Lustbarkeit, in die verderbte Hauptstadt.

Unter dem Titel höherer Ausbildung kam ich nach Budapest. Meine hauptstädtischen Verwandten waren vornehme, reiche Leute und nahmen mich sehr freundlich aus. Kinder hatten sie nicht, so daß es mir beschieden war,

Heiterkeit und Fröhlichkeit in ihr Haus zu tragen. Sie beschützten und betreuten mich, behüteten mich und ließen mich behüten. Der Diener begleitete mich zur Schule und erwartete mich beim Tore derselben. Als ob ich eine kleine Prinzessin gewesen wäre.

Die Hauptstadt und ihr Leben gefielen mir sehr gut. Die vielen Sehenswürdigkeiten, die in schwindelnde Höhe emporragenden Häuser und Straßenecken, die vornehmen Geschäfte und die wogende Menschenmenge waren mir bald ans Herz gewachsen. Dieses Straßenbild betäubte mich geradezu, so daß ich fast an mich selbst vergaß. Nur wenn ein lächelndes Paar an mir vorüberging, wenn mir ein aufgefangenes Wort das Blut in das ohnehin lebhaft gefärbte Gesicht trieb, wendete ich mich um und in solchen Augenblicken konnte ich mich eines stillen Seufzer wohl nicht erwehren.

Öde und Leere empfand ich in meiner Seele. Ich wußte, daß mir etwas zur Glückseligkeit fehle. Meinen Schulfreundinnen gegenüber berührte ich diese Fragen nicht einmal und sprach mit erkünstelter Unschuld von jenen tiefen Geheimnissen, welche uns umgaben. Der Zielpunkt unserer Gespräche, unserer Scherze war immer der Mann und es stellte sich allmählich heraus, daß jedes Mädchen von einen ausgewählten Unbekannten schwärmte, von dem es in einer Weise sprach, wie es einem anständigen, gut erzogenen Mädchen niemals gestattet ist.

Ich hatte kein Ideal. Ich kannte weder in meiner Umgebung, noch in weiter Ferne einen meiner Gunst würdigen, schönen Mann, zu dem ich mich hingezogen gefühlt hätte. Mich interessierte der Mann im Allgemeinem, obzwar er mir verkörpert lieber gewesen wäre. Meine Seele war von Sehnsucht und Liebe erfüllt. Mein leuchtendes Auge flog auf der Straße mutwillig von Gesicht zu Gesicht, erspähte auch ab und zu einen hübschen Schnurrbart, einen wohlgeformten Schenkel, aber diese Dinge verschwanden wieder als wären es Trugbilder der Fata Morgana gewesen.

Eines Tages verbreitete sich in der Schule die Nachricht, daß das Institut einen jungen Hilfslehrer bekommt. Mein Herz begann stürmisch zu pochen, als ob es von einer dunklen Ahnung erfaßt worden wäre, daß dieser Mann die Verkörperung meiner Träume sein wird.

Dr. Dévény war ein sehr junger, brünetter Herr von hoher stattlicher Gestalt. Ein kleiner schwarzer Schnurrbart beschattete seine schneeweißen Zähne.

Seine dunklen Augen hatten einen seltsam milden Blick, welcher mich gefangen nahm, mich erwärmte und erregte. Ich betrachtete ihn, während er vortrug, und ein unbekanntes Gefühl bemächtigte sich meiner. Wie gerne wäre ich zu ihm gestürmt, hätte ihn umarmt und zu ihm gesprochen:

„Sieh mich an, wie schön ich bin. Mein Körper ist jung und weiß wie Schnee, weich und üppig. Meine roten Lippen möchten so gerne küssen, meine kleinen Zähne so gerne beißen. Erlaube mir, daß ich Dich küsse, daß ich Dich beiße, Du herrlicher, mächtiger, Du göttlicher Mann!"

Diese Gedanken beschäftigten mich unausgesetzt und raubten mir meine Ruhe. Bei Tag und Nacht.

Von Sehnsucht erfüllt warf ich mich Nachmittag aufs Lager und träumte. Ich zwang – im Geiste – die schöne, herrliche Männergestalt, vor mir zu erscheinen; ich befahl sie zu mir und beherrschte sie uneingeschränkt. Ich glättete ihm das reiche, schwarze Haar, küßte die gesenkten Augen und die geschlossenen Lippen. Und ich küßte seine kräftige Brust, seinen muskulösen kleinen Fuß. Ich riß ihm die Kleider vom

Leibe und zog ihn an mich. Ich breitete meine schwachen Arme aus und drückte ihn an mich, ich umarmte ihn und schlürfte sein Blut, ich küßte ihn bis zur Bewußtlosigkeit. So kraftlos lag ich dort, als ob mich die wahnsinnige Kraft der Verderbtheit gefangen gehalten hätte. Ich konnte mich nicht bemeistern. Diese Augenblicke hat der Teufel geschaffen, um den Menschen dem Verderben, der Vernichtung zuzuführen.

Selbst heute weiß ich nicht, wie es geschah. Ich konnte zwischen Traum und Wirklichkeit nicht mehr unterscheiden, wußte nicht ob ich wachte oder träumte. Ich fühlte nur, daß sich starke, warme Lippen auf meine Lippen preßten, daß mich zwei starke Arme umfangen hielten, daß ich im wonnigen Rausche heißer Küsse der Insel der Glückseligkeit zusteuerte. Und neben mir erglühte ein starker, keuchender Männerleib. Der häßliche Jean war es, der alternde Diener, welcher auf der Lauer stand und meine heiligen Träume stahl. Ihre Schönheit ward mir von diesem gewissenlosen, bestialischen Diener geraubt.

Voll Abscheu entwand ich mich seinen Armen und kühlte meine glühende Stirne an der kalten Fensterscheibe. Die traurige Wirklichkeit bemächtigte sich meiner von neuem. Ärgerlich wendete ich mich um und mein Blick fiel auf den unverschämt lachenden Menschen. Ich war mir über die Situation im Klaren. Was konnte ich anderes tun, – als dem tollkühnen Räuber meiner Träume die Hand reichen?

Wer selbst makellos ist, werfe einen Stein auf mich. Wer nie gezwungen war, auch nur unbewußt, oder unwillkürlich eine Sünde zu begehen.

Eines Abends rief mich mein Onkel in sein Zimmer, ließ mich neben sich setzen, strich mir zärtlich über mein Antlitz und sprach:

„Mein liebes kleines Mädchen, du wirst uns auf kurze Zeit verlassen. Wir gehen auf Reisen. Du wirst einige Monate im Institute wohnen."

Nach diesen liebevoll gesprochenen Worten liebkoste er mich von neuem und ich fügte mich – wenn auch widerstrebend – den Verfügungen meiner Verwandten. Auch die Tante kam ins Zimmer, küßte mich, dann begab ich mich zur Ruhe.

Ich konnte nicht schlafen. An diesem Abend bemächtigten sich recht sonderbare Gefühle meiner. Ich gedachte der wichtigsten Ereignisse meiner Vergangenheit und viele böse Gedanken suchten mich heim.

Das erste Opfer fiel mir ein, welches ich meinem Blute brachte, der noch im Hause der Eltern begangene Fehltritt. Dr. Dévény kam mir in den Sinn, sein schönes Gesicht, sein herrlicher, männlicher Körper, den ich im Geiste wieder vor mir sah. Neuerlich zauberte ich mir das Bild dieses Mannes vor Augen. Fast leidenschaftlich entkleidete ihn meine

Phantasie, um die männlichen Eigenheiten seines Körpers zu prüfen. Meine Hand glitt zärtlich über seine muskulöse Brust und es gefiel mir, daß sie nicht so empfindlich, so weich und glatt sei wie der Körper der Frau, deren Busen ich mit einem gebrechlichen Spiegel vergleichen möchte, der voll vergänglicher Schönheit ist und aller Kräfte entbehrt, welche der männliche Busen zu verbergen scheint.

Und neben dieses lüsterne Bild drängte sich gleich das Bild des alternden Dieners, dessen abscheuliche, gebeugte Gestalt ich zu dulden gezwungen war. Warum gefällt mir der andere Mann und warum wende ich mich von diesem voll Abscheu ab, trotzdem er, wenn auch gegen meinen Willen, um den Preis einer häßlichen Enttäuschung mir gehört hatte, den ich einmal, zweimal, oft in meinen Armen gehalten hatte, so oft, als wir uns eine einsame Stunde stehlen konnten.

Ich begann vor allem zu erschrecken, wag mir meine rätselhafte Zukunft in Aussicht stellte. Vergebens war ich vornehmer Abkunft, vergebens haben mich vornehme Eltern erzogen und vornehme Lehranstalten herangebildet, vergebens hatte ich die mächtige Grundlage eines großen Vermögens, einflußreiche Verbindungen unter meinem schwankenden Fuße, – all dies war meinem Temperament zu wenig. In meinen Adern floß nicht das Blut der zum Glück Geborenen. Die Liebe, dieses mächtige Gefühl, hielt mich gefangen und instinktiv erblickte ich meinen Beruf darin, unabhängig und frei zu sein.

Mein Blut beherrschte mich und den schönen Körper, welcher dieses Blut umschlossen hielt. Ich hatte Träume, in welchen ich mich von lechzenden, gequälten Männern umringt sah. Ich beherrschte und marterte sie. Ich habe ihre Sehnsucht befriedigt, ihre Körper ausgesogen, dann warf ich sie auf die Straße, damit sie als Bettler um meine Liebe kämpften.

All dies hat mich in Verzweiflung gestürzt und ergötzt. Und statt auf dem Wege zu meinem Ziele vorwärts schreiten zu können, stand ich jetzt wieder vor der Gefahr, meine Freiheit einschränken zu müssen. Über die Nachteile, im Institute zu wohnen, war ich mir im Klaren. Dort werde ich zwischen vier öden Mauern wohnen, unter Mädchen, welche unter strengerer Aufsicht stehen, nur unter Mädchen. Ihre süßen Schmeicheleien erfüllten mich schon im vorhinein mit Abscheu.

Gegen das Unvermeidliche konnte ich indessen nicht ankämpfen; aber ich hatte mich getäuscht, als ich mir von dieser Gefangenschaft so häßliche Vorstellungen machte. Während der ersten Tage konnte ich mich in meine neue Lage nicht recht hineinfinden und fühlte mich daher nicht sonderlich wohl; aber ich gewöhnte mich recht bald an die verschiedenen kleinen Unannehmlichkeiten und an die Begünstigungen, die mir die Leiter des Institutes gewährten. Überdies bekam ich ein sehr gescheites und angenehmes Mädchen als Zimmergenossin. Gerne verbrachte ich mit ihr meine freie Zeit und ich brauche wohl kaum zu erwähnen, daß wir vornehmlich von Liebe und Männern sprachen.

Man konnte meine Freundin nicht schön nennen obzwar sie eine angenehme, schlanke, fast möchte ich sagen Filigrangestalt hatte. Ihr Gesicht war stets bleich, von blauen Ringen um die Augen verdunkelt, woraus ich auf die Schönheit und den Adel ihrer Seele schließen wollte. Sie entstammte gleichfalls einer vornehmen Familie und es ist mir fast unangenehm, hier ihren Namen verschweigen zu müssen, weil ich die glückliche Gemahlin eines

Wiener Ingenieurs nicht in schlechtes Licht setzen will·

Bei einer passenden Gelegenheit gestattete der Leiter des Institutes, daß meine Freundin und ich, selbstverständlich unter Aufsicht einer Erzieherin, das Theater besuchen dürfen. Trotz dieser Beschränkung fühlten wir uns recht glücklich. Endlich konnten wir doch einmal einen Blick in die Welt, in die Gesellschaft tun, uns inmitten unbekannter Menschen zerstreuen und auch zu sehen bekamen wir etwas.

Man gab ein einfältiges, sentimentales Stück. Ein farbloses Stück sozusagen. Wir aber fanden trotzdem pikante Szenen darin. Anfänglich beobachteten wir recht kühl die unglückliche Liebe des jungen Paares und erwärmten uns nur sehr langsam. Verstohlen blickte ich jedoch ab und zu auf meine Freundin und sah ihr weißes Antlitz erröten, ihre Augen leuchten und wenn es nicht schon die Vorgänge auf der Bühne gewesen wären, so hätte mich die Beobachtung, wie meine Freundin erglühte, gewiß erregt. Mir war. als hörte ich neben mir unterdrückte Seufzer, ich fühlte in meiner Nähe einen jugendlichen Körper erglühen und bei den sogenannten großen Szenen drückten wir uns schon krampfhaft die schweißbedeckten Hände. Sie lehnte ihren Lockenkopf an meine Schulter und durch meine dünne Bluse fühlte ich ihre heißen, lechzenden Atemzüge. Die Vorgänge auf der Bühne konnten uns jetzt kaum mehr interessieren. Unwillkürlich hatten wir uns einander genähert, als ob wir dort zusammengewachsen wären.

Der Zuschauerraum war in wohltätiges Dunkel gehüllt, so daß die auf der anderen Seite sitzende Erzieherin unsere große Erregung nicht wahrnehmen konnte. Als ob unsere Seelen ihrer Hülle entflohen wären, fühlten wir nur zwei glühende, leidenschaftliche Körper. Konnten wir in diesem Augenblicke daran denken, was dies bedeutet? Wir hatten an alles vergessen und gaben uns widerstandslos dem unbekannten Wohlgefühl hin.

Die Vorstellung war zu Ende, wir gingen nach Hause. Vor Kälte zitternd betraten wir unser kleines Zimmer, aber die Lampe anzuzünden, fehlte es uns an Mut. Wir fürchteten etwas, vielleicht den gegenseitigen Anblick unseres glühenden Gesichtes oder unsere begehrlichen Blicke.

In nervöser Hast warfen wir unsere neuen eleganten Kleider von uns und suchten eilends das Lager auf – nebeneinander. Tiefe Stille herrschte ringsum, nur ab und zu von dem Rasseln eines Wagens unterbrochen. In solchen Augenblicken fuhren wir erschrocken empor und unsere Lippen lösten sich.

Die verräterische Helle der Morgenröte fand uns noch innig umarmt...

Häufig bin ich ihm begegnet, ohne seinen Namen zu kennen. Wann ich in das Institut ging, erwartete er mich vor dem Tor und begleitete mich, gingen wir spazieren, so folgte er uns; in der Kirche hat er kein einziges Mal gefehlt. Er war ein blonder Jüngling mit dunklen Augen. Und sein Blick war träumerisch, wie der eines mittelalterlichen Troubadours. Eine Laute habe ich ihm auch in die Hände gezaubert und in den Abendstunden hatte ich oft das Gefühl, als schlugen weiche melodische Harfentöne voll schmeichelnder Lieblichkeit an mein Ohr.

Was will er? Warum folgt er mir? Warum ist sein Blick so bezaubernd? Diese Fragen drängten sich mir unwillkürlich auf, ohne daß ich sie beantworten konnte. Doch mein Herz pochte laut und das sagte mir mehr wie jede Antwort. Liebe, Liebe, jauchzte es in mir. Ich habe gesiegt, rief ich selbstvergessen aus.

Aber worüber habe ich gesiegt? Zu jener Zeit war ich kein unschuldiges harmloses Kind mehr, ich war mit meinem Schicksale im Reinen und rechnete mit dem Laufe der Ereignisse. Nicht als hätte ich etwa Furcht empfunden. Ich wußte sehr gut, daß man nicht rein sein muß, daß es vielmehr genügt, so zu scheinen. Und ich sah, daß es sehr leicht ist, den Schein zu wahren. Ich sah, daß die Zahl der verdorbenen Mädchen erschreckend groß sei.

Dennoch hatte ich das Gefühl, als hätte ich mich in der Liebe geändert. Ich fühlte, daß dieser Mann nicht nach meinem Körper begehre. Und während ich vorher beim Anblicke eines Mannes nur an den Mann dachte und Gedanken sündhafter Liebe in mir aufstiegen, hatte ich jetzt nur das glückliche Gefühl, daß mich jemand mit der süßen Zärtlichkeit reiner Liebe umschwärmt.

Einmal grüßte er mich auf der Straße. Schüchtern, demütig lüftete er den Hut und ich erwiderte seinen Gruß nicht. Ob aus instinktivem Stolze oder aus einem anderen Grunde – ich weiß es nicht. Aber schon am nächsten Tage bedauerte ich meine Kälte und sehnte mich nach seinem Gruße. Er grüßte nicht. Nur ein weicher, zärtlicher Liebesblick traf mich, als wollte er sich an mich klammern wie der treue Hund, welchen sein Herr verstoßen will.

Dieses Spiel wurde in dieser Form lange fortgesetzt. Und wenn es mir vorerst auch keinen anderen Vorteil brachte, als daß meine sündigen Träume von mir wichen, daß es mir jeden anderen Mann verabscheuenswert erscheinen ließ, so begnügte ich mich auch damit.

Ich war inzwischen in das Haus meiner Verwandten zurückgekehrt. In Schönheit und von großen Hoffnungen erfüllt, betrat ich neuerlich die Schwelle dieses mir so teuren Hauses, in das ich das süße Geheimnis einer reinen Liebe mit mir brachte.

Eines Nachmittags kam ich niedergeschlagen und müde nach Hause. Ich hatte meinen treuen Ritter den ganzen Tag hindurch nicht gesehen. Welches Leid mag ihn betroffen haben, warum ist er mir untreu geworden, ärgert er sich vielleicht? Ach, lieber Gott – stöhnte ich -, gib ihn mir zurück, ich will ihm nie mehr ein Leid zufügen, will ja gut zu ihm sein, seine Dienerin will ich sein, gib ihn mir nur zurück, Du lieber, gütiger Gott. Ich öffnete die Türe des Empfangszimmers und der sich mir darbietende Anblick, ließ mich fast zu Stein erstarren. Beim Tisch saßen der Onkel und „Er" und schienen über eine Menge verschiedener Schriftstücke gebückt, in wichtige Arbeiten vertieft zu sein. Ungesehen zog ich mich zurück.

Mein Herz klopfte, als ob es bersten wollte, Schweiß bedeckte meine Stirne, mein heißes Blut rollte stürmisch durch die Adern, ich dachte, mein letztes Stündlein hätte geschlagen. Wie von Sinnen wanderte ich im Vorzimmer auf und ab, schlich mich zur Türe, legte mein Ohr an das Schlüsselloch, tanzte und sang. Ich wußte nicht, was mit mir geschehen war.

Nach einer halben Stunde erschien er. Der Onkel hatte ihn nicht begleitet, nur wir zwei befanden uns im Vorzimmer. Ich sah ihn erröten, sah seine Verlegenheit. Er wollte sprechen, brachte aber nur stammelnde Töne hervor. Unvergleichlich schön war er in diesem Augenblicke. Endlich brach ich das Schweigen.

- Heute ließen Sie sich den ganzen Tag nicht sehen!
Türklopfen wird vernehmbar.
- Gestatten Sie...
   - Gehen Sie, gehen Sie, man sieht uns!
- Gest...
   - Gehen Sie!

Ich ergriff die Flucht. Wer könnte sagen, was ich fühlte. Gestatten Sie! Gestatten Sie! tönte es mir noch immer wie zauberhafte Melodie in den Ohren.

- Wer ist dieser junge Mann? fragte ich später meinen Onkel.

Bis dahin hatte ich seine Armut fast vergessen. -
- Einer meiner Diurnisten.

Diese Antwort ärgerte mich maßlose. Wie kann man nur so wegwerfend, so kühl sagen: „Einer meiner Diurnisten?" Ich glaube, daß man diese Worte auch mit Stolz, mit erhobener Stimme aussprechen kann· Gewiß ist es nur ein Zufall, daß er bloß Diurnist und nicht Minister ist. Ich schwöre, daß er in dem Alter meines Onkels Minister oder König sein wird. Wer denn soll es werden, wenn nicht er? Kaum konnte ich den Morgen erwarten. Die ganze Nacht hindurch träumte ich von ihm und ich wollte ihm von Angesicht zu Angesicht gegenüberstehen.

Er sprach mich an und begleitete mich.

- Ich heiße Feri Almásy.

Ich lächelte.

- Wie schön Ihr Name ist!

- Gestatten Sie…

- Ich gestatte nichts; wenn Sie immer damit beginnen, ärgern Sie mich. Und ich stampfte zornig mit dem Fuße auf.

- Ach, wie entzückend!

- Das ist schon ein anderer Ton. Ich ergriff seine Hand, blickte ihm ins Auge und fragte:

- Warum lieben Sie mich? Weil ich schön bin oder aus einem anderen Grunde?

- Ich weiß nicht, warum ich Sie liebe.

- Gut. Sie haben die Prüfung bestanden.

Jetzt noch eine Frage: Was wollen Sie mit mir?

Sein Gesicht drückte plötzliche Verlegenheit aus, er erbleichte.

- Wie soll ich Ihnen dies sagen? stammelte er.

- Das werden Sie sofort wissen; hören Sie mich nur an. Lieben Sie mich oberhalb oder unterhalb meines Gürtels? Ohne Zögern antwortete er:

- Oberhalb des Gürtels.

Ich hätte bei diesen Worten meinen Gürtel am liebsten zur Erde geworfen und mit den Füßen zerstampft.

Inzwischen hatten wir das Institut erreicht.

- Auf Wiedersehen.

Er küßte mir die Hand.

Die Dichter besingen die Glückseligkeit der Liebe, in Wirklichkeit gibt es kein tieferes Weh und Leid. Feri Almásy liebte mich, ich erwiderte seine Liebe und niemand durfte davon erfahren. Unsere reine Liebe war unser Beider süßes Geheimnis. Gram und Seufzer waren unsere Geständnisse, warme Blicke unser Schwur.

Wir haben viel gesprochen. Worüber, wüßte ich kaum zu sagen. Über Torheiten, kindliche Träume. Ernsthafte Gespräche führten wir nur selten. Wir vermieden sie, weil sie uns verstimmten und verbitterten. Wir gaben und keinen Illusionen hin sondern erkannten klar und deutlich, das wir einander niemals angehören könnten. Ich war das Kind reicher vornehmer Eltern, er ein armer untergeordneter Beamter mit bescheidenem Gehalt. Wie hätten wir nur, daran denken können, daß meine vornehmen Eltern zu unserer schönen Freundschaft Ja und Amen sagen werden?

Ich gebrauchte das Wort Freundschaft, weil zwischen uns nie von Liebe die Rede war. Almásy war ein bescheidener und schüchterner Junge. Wenn sich unsere Blicke zufällig trafen, wenn sich unsere Hände berührten, so errötete er und schämte sich. Ich verstand ihn. Das war die ideale Liebe, welche wir mit dem Mantel der Freundschaft umhüllten. Aus dem Verkehr mit unseren Freunden lassen sich manche Beziehungen derart verbannen, daß wir schließlich selbst deren Mangel nicht empfinden. Dies war auch bei mir der Fall. Wenn ich in mancher übermütigen Stunden gezwungen war, mich mit dem körperlichen Charakteristikum meines kleinen Freundes zu beschäftigen, so wurde ich bald von Furcht erfaßt und bestrafte mich selbst. Ich ahnte, daß unsere Glückseligkeit nur so lange währen wird, als sie eine reine Grundlage hatte. Wir trafen uns fast jeden Abend. Unter verschiedenen Vorwänden suchte ich den Donaukorso auf, wo mich mein kleiner Freund schon ungeduldig erwartete. Dieser Teil des Donaukorsos ist nur schwach frequentiert, zumeist von der unteren Volksschichte, welche nicht der Wunsch nach Zerstreuung hierher führt. Diese Leute schenkten uns keinerlei Beachtung, so daß wir uns ungestört unseren Gefühlen hingeben konnten.

Es begann schon zu dunkeln, als Almásy eines Abends nach längerem Stillschweigen zu mir sprach:

- Mißdeuten Sie nicht was ich Ihnen jetzt sagen werde, denn dies würde mich zweifach zur Verzweiflung bringen.

Ich blickte ihn an. Ich sah, daß sein Auge Tränen vergoß und seine Stimme hatte einen wehmütigen Klang.

- Feri, weshalb erschrecken Sie mich?

- Ja, ja, nennen Sie mich vertraulich nur Feri, denn, heute sehen wir ums ohnedies zum letzten male.

- Feri! rief ich verzweifelt aus.

- Es muß sein, sprach er mit vibrierender Stimme, wir dürfen uns nicht mehr sehen.

- Aber warum denn?

- Hören Sie mich an. Meine Worte waren niemals der wahre Ausdruck meiner Gefühle. Ich war zu schüchtern und zu feige, um aufrichtig zu sein; ich fürchtete Ihre Reinheit. Unpassende Worte sprach ich nie, weil ich fürchtete, daß Sie mich verlassen könnten. Doch wenn Sie wüßten, wie schwer ich gelitten habe! Ich kann unmöglich die Qualen meiner Nächte schildern, die ahnungsvolle Wonne beschreiben, welche mich erfüllte; aber Ihr schöner Körper, welcher meiner Phantasie unablässig vorschwebte, hat mich fast wahnsinnig gemacht.

Ich erschrak über die ungestüme leidenschaftliche Wendung seiner Worte. Er fuhr fort:

- Sie dürfen mich nicht mißverstehen, nicht den lüsternen Verführer in mir sehen. Der bin ich nicht. Wie gerne würde ich Sie vor Gott und der Welt zu meiner Gattin machen, aber wir beide wissen ja, daß dies unmöglich ist. Sagen Sie mir also, was soll ich beginnen, was soll ich anfangen?

- Lieben Sie mich weiter wie bisher.

- Das kann ich nicht. Das ist unmöglich.

Ich bin am Ende meiner Kräfte. Ich sehne mich nach dem jungfräulichen Kusse Ihrer roten Lippen, nach der Umarmung Ihrer weißen runden Arme; nach stürmischen, wilden, hingebungsvollen Nächten sehne ich mich.

- Wir werden Freunde sein, Feri, auch weiterhin!

- Freunde! Sie wissen nicht, mein süßer Liebling, was dieses Wort bedeutet. Einen verschleierten Begriff. Auch zwischen uns gab es niemals Freundschaft. Daß war nur die Form unserer unbewußten Liebe. Vernichtend, tödlich, mörderisch wurde diese Liebe unter dem Schuhe unseres reinen Verkehres.

Er ergriff meine Hand und blickte mir lange ins Auge. Ich fühlte die Versuchung des Augenblickes und süßer Wonneschauer durchzuckte meinen Körper. Ich fühlte, wie mein Gefecht erglühte, fühlte, daß die Kunst der Verführung überflüssig wurde, daß wir beide ohnmächtig waren gegen die Macht unserer Empfindungen.

- Nur einmal möchte ich Sie küssen, zur ewigen Erinnerung, sprach er zu mir mit leiser, ersterbender Stimme.

Ich umklammerte seine Hand und drückte sie krampfhaft, als ob ich fürchten würde, sie für immer zu verlieren.

Wir verließen den Donaukorso und schritten durch kleine, dunkle Gassen der Stadt zu. Die Lampen waren verlöscht, wir schmiegten uns eng an einander und Arm in Arm, wortlos, in schmerzliche Gedanken versunken, setzen mir unseren Weg fort.

Plötzlich blieb er stehen. Die Straße war menschenleer, nur in der Ferne ertönte rasselndes Wagengeräusch. Ich blickte auf. Vor einem kleinen, unscheinbar aussehenden Hause standen wir, über dessen Tor in großen Lettern das Wort „Hotel" zu lesen war.

Er lockte mich nicht, nur sein Auge sprach. Können Lippen so hinreißend sprechen, wie das Auge, wie sein Auge in diesem Moment sprach? Die wahnsinnige Sehnsucht des Mannes war in diesem Blicke zu lesen, die unbezwingliche Begier des Mannes.

Die Sehnsucht der Befriedigung, welche mein Blut ins sieden brachte, packte auch mich. Ich hatte nicht die Kraft, „nein" zu sagen. Ich schloß die Augen und erschauerte. Die Abendluft umkoste mein glühendes Gesicht und widerstandslos überließ ich mich seiner Führung. Man wies uns ein kleines Zimmer an. Nachdem wir die Türe hinter uns geschlossen hatten, wagten wir uns zunächst nicht anzublicken. Ich setzte mich auf das Bett, er nahm an meiner Seite Platz. Er ergriff meine Hand und führte sie an seine Lippen. Seine Küsse waren heiß und berauschend. Ich konnte mich nicht beherrschen. Ungestüm warf ich mich an seine Brust, schlang beide Hände um seinen Hals und preßte ihn leidenschaftlich an mich.

Er öffnete meine Bluse und zog sie mir mit zitternder Hand vom Leib. Er löste mein Mieder und die Unterkleidung, dann nahm er mich in seine Arme und trug mich zu Bett. Eine ohnmächtige Puppe war ich in seinen starken Armen. Nach einigen Momenten betäubender Ruhe empfand ich die hingebungsvolle Wärme seines Körpers an meiner Seite – an das weitere erinnere ich mich nicht.

Als wir wieder zum Bewußtsein kamen, küßte er mich noch einmal, war mir beim Ankleiden behilflich und in unbeschreiblicher Glückseligkeit verließen wir unser armseliges Nest.

Auf der Straße wechselten wir noch einen warmen Händedruck und dann verschwand er mit großen Schritten in der Dunkelheit. Taumelnd blickte ich ihm nach, wie jemand, der von einem schönen Traume Abschied nimmt.

Meine kleine Zimmergenossin kam lange nicht ins Institut. Ich wußte nicht, was ihr widerfahren sei, nur so viel wurde uns gesagt, daß sie krank sei. Wir zerbrachen uns den Kopf woran sie wohl erkrankt sein mochte. Es war recht sonderbar, wie eifrig wir uns mit dieser Frage beschäftigen, denn es ist schließlich keine Seltenheit, daß jemand erkrankt. Instinktiv fühlen wir, daß ihre Krankheit ernsterer Natur sei. Welcher Art mochte sie wohl sein?

Dann langte sie eines Tages wieder an, fahl, bleich, abgemagert. Ich erkannte sofort, daß sie nicht mehr die Alte sei. Das Auge mochte lebhafter, vielsagender sein, aber ihre Lippen schwiegen. Überdies war sie recht scheu geworden, mied jede Gesellschaft und auf unsere Fragen antwortete sie nur mit leiser Stimme und niedergeschlagenen Augen. Wäre es ihr möglich gewesen, sie hätte uns gewiß ständig gemieden, und wenn wir unsere Fragen nach ihrer Krankheit wiederholten, so begann sie zu weinen. So rührend, so traurig flossen ihre Tränen, daß ich sie aufrichtig bedauerte.

Wenn wir abends allein waren, trachtete ich sie zum Reden zu veranlassen. Auf jede mögliche Weise versuchte ich ihr Leid zur Sprache zu bringen, sie antwortete jedoch nicht. Unmutig wendete sie sich ab und verdeckte ihr Gesicht mit ihrem Taschentuche. Ich empfand einen beklemmenden Schmerz und hatte nicht so viel Kraft, um zu ihr zu eilen, sie zu umarmen und sie durch die Erinnerung an unsere lüsternen Küsse zu einem Geständnis zu bewegen.

Die Zeit heilt jeden Schmerz, sagte ich mir schließlich; bald wird sich meine kleine Freundin wieder beruhigen und das übermütige lustige Mädchen sein, welches sie früher war. Im Übrigen schenkte ich ihr nicht mehr zu viel Aufmerksamkeit, denn ich war jetzt vollauf von mir und meinem Seelenleben in Anspruch genommen.

Mit Almásy war ich seit unserer entscheidenden Begegnung in dem nämlichen kleinen Hotel ein oder zweimal zusammengekommen. Selten nur bot sich uns Gelegenheit hierzu und wir hätten diese um keinen Preis versäumt. Was trieb mich? Die Liebe? Ich müßte lügen, wenn ich dies heute behaupten wollte. Die Liebe war längst vertauscht. Mit den sinnlichen, niedrigen Genüssen des Körpers hätte ich niemals jene reine Liebe vereinigen können, welche mir immer als erhabenes Ideal der Seele vorschwebte. Ich habe Almásy unendlich geliebt. Mit der ganzen Glut meiner Seele, der ganzen Kraft meiner leichtbeschwingten Phantasie. Und ich hätte ihm willig angehört als seine Ehegattin, auch wenn meine Eltern alle Hebel in Bewegung gesetzt hätten, um mich in meiner Wahl zu hindern.

Aber jetzt, da uns die Sünde mit einander verband, wandte ich mich von ihm ab; ich verachtete ihn und konnte nur noch den Mann in ihm würdigen. Unter vielen törichten Gedanken war es nicht der letzte, das ich ihn für ein Pferd ansah, für ein kräftiges Roß, ohne Gehirn und ohne Seele, welches sich bloß von seinem tierischen Instinkte leiten läßt.

Es ist ja wahr, ich war auch nicht besser. Aber wenn

mir auch die Seele fehlte, das Gehirn war mir geblieben. Ich sah die Gefahren, welchen ich mit Riesenschritten entgegeneilte. Und oft gab es auch Augenblicke, da ich mich vor den Folgen entsetzlich fürchtete. Was sollte geschehen, wenn meine sündhafte Liebe Früchte trägt? Ich erschauerte; einmal hatte ich diese tödlichen Qualen bereits durchkostet, wenn auch ohne Grund, und jetzt dachte ich neuerlich mit Schaudern an die Möglichkeit, das Opfer ernster Gefahren zu werden. Ich fühlte, daß ich den Schmerz, die Schande und die Verachtung nicht überleben könnte.

Und meine schreckliche Angst wurde täglich größer. Bis die Tragödie zur Gewißheit wurde. Ich litt unter häufigen Kopfschmerzen, das Essen mundete mir nicht, mein Magen wollte keine Nahrung zu sich nehmen.

Untrügliche Anzeichen verrieten meinen entsetzlichen Zustand. Kein Zweifel, ich war verloren. Für mich gab es keine Rettung, kein Rückzug, nur das tiefe Bett der Donau konnte mir die verlorene Ruhe zurückgeben. Wem hätte ich mein Leid klagen sollen? Wem mich offenbaren können? Wer konnte mir in meiner entsetzlichen Lage einen vernünftigen Rat geben?

Erschauernd zog ich mich in eine Ecke unseres Zimmers zurück. Meine Zimmergenossin war in Lektüre vertieft. Wir sprachen nichts, aber unsere Seufzer bedeuteten mehr, als Worte. Plötzlich begann ich zu schluchzen.

Das traurige Mädchen stand auf, kam zu mir, setzte sich zu meinen Füßen nieder und sah mir lange, schmerzlich ins Auge, als ob sie derart den geheimen Grund meines Leides erforschen könnte.

Schnell verstand sie mich. Und auch ich verstand bald, worin ihre Krankheit bestanden hatte.

Unser Leid machte uns zu Zwillingsschwestern. Nur mit dem Unterschiede, daß sie das Schwerste schon überwunden hatte, während es mir noch bevorstand.

Ich erkundigte mich nach den Einzelheiten. Auf mein fieberhaftes, stürmisches Begehren erzählte sie mir, daß es sich an einem lauen Abend zugetragen hatte. Sie konnte sich der Umarmung kräftiger Männerarme nicht entziehen und war das Opfer der herrlichsten Lust. Ihre Augen glänzten, als sie von den genossenen Freuden sprach, Tränen flossen über ihr Gesicht, als sie der Stunden gräßlicher Pein und qualvoller Schmerzen gedachte.

Wir besprachen die erforderlichen Maßnahmen. Sie wies mich an eine Geburtshelferin, welche auch ihr geholfen hatte. Sie war mir behilflich, die öffentliche Schande zu vermeiden, konnte aber nicht verhindern, daß meine Seele dem Verderben anheimfalle.

Ich unterrichtete Almásy von dem Geschehenen. Er erschrak und versprach Himmel und Erde für meine Rettung. Er begleitete mich zu der Geburtshelferin, in deren bequem eingerichteten Wohnung ich nicht die einzige ähnlich Erkrankte war. Die gelehrte Frau erkundigte sich nach meinen materiellen Verhältnissen und als sie erfahren hatte, daß ich das Kind reicher und vornehmer Eltern sei, gab sie mir den Rat, bei ihr ein Zimmer zu mieten.

Wer könnte die Qualen und die entsetzliche Pein der Behandlung schildern? Einerlei, ich mußte mich ihnen unterwerfen. Almásy besuchte mich täglich und tröstete mich. Mit liebevollen Worten flößte er mir neues Vertrauen zum Leben ein. Die qualvollsten Augenblicke waren es wohl, als mir der behandelnde Arzt, ein junger, hübscher Mann, in diskreter Weise mitteilte, daß ihn meine Verwandten besucht hätten.

- Nicht war, Herr Doktor, Sie sagten ihnen nichts?

- Keine Silbe, war die Antwort und aus der Stimme des Arztes erkannte ich, daß er lüge.

Nach einigen Wochen war ich außer jeder Gefahr. Ich genoß eine vorzügliche Pflege und von Tag zu Tag fühlte ich, daß ich kräftiger werde und die Frische meines Gesichtes wiederkehre. Nur der Umstand, wie ich zu meinen Verwandten zurückkehren werde, beunruhigte mich.

Ich wagte dieser Frage nicht einmal ins Auge zu blicken. Eines Nachmittags war der Arzt bei mir. Als er eintrat, las ich eben ein interessantes Buch. Er nahm neben mir am Divan Platz, ergriff meine Hand und erkundigte sich nach meinem Befinden.

Ich war völlig hergestellt. Und im Bewußtsein meiner Gesundheit fühlte ich mich sehr glücklich.

- Ich werde Sie noch einmal untersuchen, sprach der Arzt und entkleidete mich.

Ich legte mich mit geschlossenem Auge auf das Ruhebett und harrte der Untersuchung, ohne an irgend etwas Böses zu denken.

Plötzlich schrie ich auf. Statt der Untersuchung verübte der Arzt ein Attentat an mir. Instinktiv suchte ich mich zu schützen, aber es war zu spät, denn schließlich wurde ich auch von der Glut der Leidenschaft hingerissen·

- Herr Doktor, was erlauben Sie sich? Fragte ich verzweifelt.

- Fürchten Sie nichts, liebes Kind, antwortete er beruhigend, der Arzt beseitigt nicht nur die Gefahr, sondern beugt auch den Folgen vor. Ich verbarg mein Gesicht zwischen den Händen und weinte, schluchzte, wie jemand, der jetzt schon gar nichts mehr zu verlieren hat

Ich bin wieder daheim. Welche Veränderungen vollziehen sich in meiner Seele! Vor dem geöffneten Fenster prangt ein blühender Apfelbaum, im Hofe spielt der Schatten weitästiger Akazienbäumen mit den glänzenden Sonnenstrahlen.

Wie einfach und wie gut sind hier die Menschen! Ich vergesse den Lärm der großen Welt, die häßlichen Widerwärtigkeiten der jüngsten Vergangenheit, die vielen Freuden und das tiefe Leid vergeudeter Jahre.

Und ich muß auch daran vergessen. Mein wohlerwogenes Interesse erfordert, daß alles ein tiefes Geheimnis bleibe. Meine guten Eltern haben nichts Böses über mich erfahren. Die Verantwortung meiner Verwandten bietet sicheren Schutz für meine Sünden. Sie werden es gewiß nicht wagen, mich zu verraten.

Und das ist recht so. Im Gewande der Tugend kann ich vor die Menschheit treten, kann ich jedermann mutig ins Auge blicken und ich glaube, daß ich die Rolle der Scheinheiligen musterhaft zu spielen verstehe.

Und diese Rolle bereitete mir fast eine gewisse Befriedigung. Wie lächerlich doch die Menschen sind. Unglaublich! Das verdorbenste Mädchen der Welt wandelt unter ihnen und sie wagen ihm nicht einmal in Gedanken nahezutreten!

Wie anziehend ist es, sich das geheimnisvolle Verhältnis

vorzustellen, das man mit dem einen oder anderen Mann anknüpfen könnte! Da ist zum Beispiel mein Schwager. Kein junger Fant mehr, aber ein Mann von Scheitel bis zur Sohle. Kräftig gebaut, gebräuntes Gesicht, seines Zeichens Landwirt. Muskeln wie Stahl. Eine imposante Erscheinung, der Blick kühn und mutig. Schade, daß meine Schwester eine kranke, magere, gebrechliche Frau ist, welcher, wie ich hörte, die Freuden des Ehelebens verboten waren.

Ich bedauerte Stefan. Seine brennenden Begierden fanden gewiß nur schwer Befriedigung, er mußte Bauernmädchen nachgehen oder andere gefährliche Abenteuer wagen und überdies alles verheimlichen. Zudem wird er nicht für charaktervoll und ernst gehalten. Wohl habe ich nichts Schlechtes über ihn gehört, aber ich muß voraussetzen, daß er sich keinen Zwang auferlegt. Ich weiß ja von mir, daß das gesunde Blut gewisse Rechte besitzt, welche sich nicht unterdrücken lassen.

All dies lebte einige Wochen nur als Ahnung in mir. Bis ich aus seinem eigenen Munde meine Voraussetzungen bestätigt hörte.

Wir fuhren zusammen aus. Er nahm mich mit sich ins Freie. Auf verlassenen Wegen führte er mich zwischen reifen Getreidetafeln umher, bis wir ganz müde waren. Ich klagte, ich könne nicht weiter, und wir ließen uns nieder. Die hohen Ähren umhüllten uns völlig und entzogen uns neugierigen Blicken. Weit und breit gab es außer uns keine lebende Seele. Tiefe Stille herrschte ringsum, nur aus der Ferne ertönte ab und zu das Brüllen der weidenden Herde oder das Läuten der Schafglocken.

Ermüdet lehnte ich mich zurück. Ich hielt die Hände vor die Augen, um mich gegen die heißen Sonnenstrahlen zu schützen. Ich bemerkte aber deutlich, wie lüstern mein

Schwager meine für unberührt gehaltene Gestalt betrachtete. Er wußte nicht, daß ich ihn beobachtete. Mein Busen hob und senkte sich ungleichmäßig, meine Kleider hatten sich nach aufwärts verschoben, mehr als gerade nötig war, und ich müßte einen sehr rohen Ausdruck gebrauchen, um deutlich anzugeben, wie ich dort gelegen bin.

Ich fühlte, daß jeder Augenblick entscheidend sein konnte. Die Kette war gerissen, ich war wieder die Sklavin meiner Leidenschaft. Die nüchterne Erwägung hatte mich verlassen und ich dachte nicht daran, mich zu wiedersetzen. Mochte kommen was wollte, ging es mir durch den Sinn, aber geschehen mußte es.

Mein Schwager näherte sich mir langsam. Behutsam, ohne Geräusch, damit ich es nicht wahrnehme. Ruhe, lüsterne Begierde spiegelte sich in seinem Gesichte, glänzend leuchtete sein Auge, ich konnte nicht weiter sehen und schloß die Augen.

Heiße Küsse erstickten meine Seufzer. Zwei kräftige Arme umschlangen mich und hielten mich im Zauber der Liebesfreuden gefangen. Über uns sang ein kleiner Vogel seinem Weibchen ein schmeichelndes Liedchen, zwitschernd jagte er es hin und her, während wir unbewußt alles vergaßen, was vernünftig und schicklich gewesen wäre.

Die Kette war gerissen, die Leidenschaften hatten sich befreit, ich konnte nichts dafür, mein Schwager auch nicht. Beide waren wir gezwungen, ohne die Rosenketten der Ehe die Freuden des Lebens zu suchen...

Oft schon grübelte ich darüber nach, ob nur ich das unglückliche Opfer unmoralischer Begierden wurde, oder ob mich das Schicksal jeden Mädchens ereilte, welches nicht im sechzehnten Lebensjahre unter die Haube gebracht werden kann. Wenn ich einmal Mutter werden sollte, werde ich meine Tochter beschützen und beschirmen wie meinen Augapfel. Welchen Sinn hat es, daß sich die Menschen so viel mit der Moral beschäftigen, mit jenen Regeln, welche Menschen geschaffen haben? Wenn der Magen leer ist, kann er der Nahrung nicht entbehren; warum soll das herangeblühte Mädchen Jahre lang auf die Befriedigung seiner Sinne warten? In dieser Erwägung finde ich die Quelle meiner gesamten Leiden und den Grund meiner krankhaften Veranlagung. Innerhalb der Grenzen der natürlichen Liebe bleiben zu können, war mir nicht beschieden. Im Geheimen mußte ich sündigen, die Gelegenheit hierzu war selten und unter diesen Verhältnissen ist es kein Wunder, wenn ich ins Unglück geriet.

Meinem Schwager gegenüber konnte ich in der Folge nicht mehr Maß halten. Unsere gegenseitigen Empfindungen ließen uns tausend Pläne ersinnen, und schließlich kamen wir überein, uns täglich in einem seiner Meierhöfe zu treffen.

Wie herrlich und berauschend waren diese Tage!
Die Zauberkraft unserer heißen Küsse hat uns betäubt und den letzten Rest unserer Vernunft geraubt. Nichts konnte meinen Lippen einen Zwang auferlegen. Ich begnügte mich nicht mehr, sein Gesicht, seine Lippen zu küssen. Mein heißer Mund schmiegte sich an seine Brust an, ich küßte jeden Teil seines Körpers und zwang auch ihn, mich dort zu küssen, wo es mir eben beliebte. Wir waren die Sklaven eines grauenhaft schönen Liebeszaubers geworden. Aber wir hatten auch lichte Augenblicke. In solchen Stunden konnte mein Schwager recht fürsorglich denken. Er fürchtete für meine Zukunft. Und diesem Umstande ist es zuzuschreiben, daß er mir eines Tages einen seiner Freunde als Freier vorstellte.

Wer mir von meinem Schwager empfohlen wurde, dem konnte ich nicht nein sagen. So wurde ein mir völlig fremder, unbekannter junger Mann mein Bräutigam, dem ich meine Hand und meine Zukunft zusagte.

Die Tage meines Brautstandes waren recht unruhig. Jetzt fiel mir die Kunst der Verstellung ungleich schwerer, aber ich mußte meine Rolle weiter spielen, weil es die Ruhe meiner Zukunft erforderte.

So gab ich mich denn als unschuldiges Täubchen und mein Bräutigam vertraute mir. Ihm gegenüber war ich unendlich zurückhaltend, selbst im Kuße.

Nach großen Vorbereitungen fand unsere prunkvolle Hochzeitsfeier statt. Die erste Station unserer Hochzeitsreise war Budapest. Abend war es, als wir in der glänzenden Hauptstadt anlangten und in einem vornehmen Hotel abstiegen.

Ich zitterte, als wir allein blieben. Mein Gatte sperrte die Türe ab, zog mich auf das Divan, nahm an meiner Seite Platz und begann mich zu liebkosen. Mich hatte ein derartiges Furchtgefühl ergriffen, daß ich am ganzen Körper zitterte.

Mein Gatte deutete diese Erscheinung unrichtig, umfing mich mit beiden Armen und bedeckte mein Gesicht mit heißen Küssen. So fest hielt er mich umschlossen, als ob er mich nie mehr aus seinen Armen lassen wollte.

Angesichts seiner stürmischen Gefühlsäußerungen fand ich meinen Mut wieder und begann an die Macht der Leidenschaft zu glauben, welche die Nerven blind macht. Ich gab mich der Liebe meines rechtmäßigen Gatten hin und seine heißen Küsse fanden eine noch stürmischere Erwiderung.

Als ich mich seinen Armen entwunden hatte, fühlte ich

mich ruhig. Ich glaubte, alle Gefahren hinter mir zu haben. Mein Gatte wich erschöpft einige Schritte zurück, sank auf einen Stuhl und strich sich mit der Hand über die heiße Stirne, als wollte er seine Gedanken ordnen.

Dann sprang er plötzlich auf und sprach:
- Was Sie für die Reise benötigen, nehmen Sie mit sich. Hier sind noch hundert Kronen. Sie haben mich in ehrloser Weise betrogen, mit einer solchen Person kann ich nicht einen Augenblick länger unter einem Dache bleiben.
Ich schrie auf, fiel ihm zu Füßen und flehte um Verzeihung. Er blieb unerbittlich. Was konnte ich tun? Ich fühlte die strafende Hand des Schicksals, meine Sünden konnte ich nicht leugnen, ich mußte mich entfernen. Mit rotgeweinten Augen verließ ich das Brautgemach, ohne auch nur ein Wort des Trostes mit auf den Weg zu bekommen.
Ich flüchtete mich in das tiefe Dunkel der Hauptstadt, in welcher ich schon so viel Freud und Leid erfahren hatte. Den Weg zur Donau suchte ich...

Die strafende Hand des Schicksals hat mich schwer heimgesucht, als ob es meine Bestimmung gewesen wäre, den Kelch der Bitternis und des Leibes bis auf die Neige zu leeren. In eitlen Stunden vergeudete ich meine Jugend, in den Augenblicken sündiger Liebe gehörte mein Körper jedermann, der vor mir erschien, jeder konnte meine Lippen küssen, mein warmes Fleisch aussaugen, und als ich mich meinem rechtmäßig angetrauten Gatten hingab, da stieß er mich von sich, verjagte mich und überlieferte mich der finsteren Nacht.

Wie viel Frauen gibt es, welche unter solchen Verhältnissen mutig und kühn genug sind, um sich auf die eigenen Füßen zu stellen?

Als schwaches Weib, mit einigen Gulden in der Tasche betrat ich meinen neuen Lebensweg. Es ist wahr, ich fürchtete die Zukunft, vornehmlich wegen des peinlichen Aufsehens und der Schande; aber ich hatte Kraft genug, um dem Tode aus dem Wege zu gehen. Ich entschied mich für das Leben, weil das Leben schön ist und mir wirkliche Glückseligkeit bisher nur spärlich beschieden war. Jeden Augenblick süßer Lust mußte ich unendlich teuer bezahlen.

Einige Tage irrte ich mutterseelenallein in der Hauptstadt umher, unausgesetzt Pläne schmiedend, wie ich diesem Labyrinth entrinnen könnte. Endlich raffte ich mich zu einem kühnen Schritte auf.

Ich nahm einen Wagen, fuhr zum Bahnhof, und löste mir eine Karte – in die Heimat.

Zu später Abendstunde langte ich in dem kleinen Städtchen an, ohne von jemandem gesehen zu werden. Im Elternhause wurde ich mit begreiflichem Entsetzen empfangen, zumal ich seit meiner Abreise nicht ein Sterbenswörtchen hatte von mir hören lassen.

Meine Mutter wurde totenbleich, als ich ihr das Vorgefallene mitteilte. Ihre Augen füllten sich mit Tränen, sie begann bitterlich zu weinen. Der Schmerz meiner Eltern ging mir zu Herzen und ich fluchte mir, weil ich seine Ursache war. Wenn ich jetzt alle Sünden meines Lebens enthüllt hätte! So weit reichte aber mein Mut nicht und ich gestand nur, daß ich in meiner Hochzeitsnacht nicht mehr unschuldig war.

- Warum hast Du mir das nicht gesagt? Warum hast Du mir das nicht gesagt? Jammerte meine Mutter mit gerungenen Händen.

- Weshalb hätte ich es Dir sagen sollen? Konnte ich die schrecklichen Folgen ahnen?

- Ich hielt Dich für unschuldig, – seufzte meine Mutter – und gab Dir Ratschläge für das neue Leben. Solche Ratschläge, wie sie die Mutter in der Regel unschuldigen Töchtern mit auf den Weg gibt. Wenn ich die Wahrheit gewußt hätte, so würde ich dich entsprechend unterwiesen haben.

- Wieso liebe Mutter?

- Wie Deine Schwester, welche in einem sündigen Augenblicke sich ebenfalls vergessen hat; aber sie hat es meinem weisen Rat zu verdanken, daß ihr Mann noch heute keine

Ahnung davon besitzt. Du warst nicht aufrichtig zu mir, liebes Kind, und Du hast jetzt über die ganze Familie Schande gebracht.

- Ihr wollt mich also auch verstoßen?

- Wohin denkst Du, liebes Kind? Du mußt jedoch einsehen, daß Deine Rückkehr peinliches Aufsehen erregen muß. In diesem Neste gibt es eine Menge böser Zungen, welche uns aus unserem Städtchen vertreiben können, wenn ihnen die Möglichkeit hierzu geboten wird.

- Was soll ich also beginnen?

- Das heißt, was wir beginnen sollen? Es ist leicht, einen unüberlegten Streich zu begehen, aber sehr schwer, dessen Folgen gutzumachen. Auch Deine Schwester mußte vor ihrer Hochzeitsnacht viele böse Stunden durchleben. Wie leichtfertig und dumm doch die heutigen Mädchen sind. Als ob sie keine Mutter hätten, welche sie fragen könnten, stürmen sie blind der Gefahr und dem Verderben entgegen.

- Ich glaube, liebe Mutter, daß ich in dem Augenblicke erwachter Leidenschaft nicht zu Dir kommen konnte, um Deine Erlaubnis einzuholen.

- Das meine ich auch nicht. Aber ich durfte voraussetzen, daß Du, als die Versuchung an Dich herantrat, Dich an mich wenden und um Aufklärung über die Sünde bitten werdest. Nicht ob sie erlaubt ist, sondern worin die Sünde besteht, welches ihre Freuden und ihre Folgen sind...

Denn ich verstehe Dein Schicksal und das Schicksal jeden Mädchens. Sie alle berauschten das geheimnisvolle Rauschen der Nacht und des Frühlings, der knospentreibende Mai. Auch ich weiß davon ein Lied zu singen. Auch mein Blut hat gestürmt, gekocht, gesiedet, aber ich blieb standhaft. Ich hatte die Sachlage klar erkannt und gewußt, daß eines Tages alles eintreffen wird, was eben eintreffen muß. Wozu also die vorherige, fieberhafte Erregung? Und siehst Du, mein liebes Kind, ich war nie unglücklich, denn mir wurden viele Wonnen zu teil und ich kann Dich versichern, nicht nur an der Seite Deines Vaters. Aber erst nach der Hochzeit, mein liebes Kind, erst nach der Hochzeit, und Du darfst mir glauben, Dein Vater ahnt bis zum heutigen Tage nichts und wir sind so glücklich, wie ein gurrendes Taubenpaar.

Bei diesen Worten lächelte sie bereits. Die Erinnerung an stürmische Zeiten zauberte den Abglanz früherer Schönheit auf ihr Gesicht, das wie verjüngt schien. Mich selbst konnte ihre Begeisterung aber nicht mitreißen, denn ich war von meinen eigenen Gedanken vollauf in Anspruch genommen.

- Und was soll mit mir geschehen, liebe Mutter?
- Ich weiß nicht. Hier kannst Du nicht bleiben. Ein oder zwei Tage können wir Dich vielleicht verborgen halten, länger nicht. Es ist wirklich ein Glück, daß sich Dein Mann, dieser Schuft, nicht hier niederlassen will. Im Übrigen habe ich Deinen Schwager berufen; wir werden uns mit ihm beraten.

Ich blieb allein. Als sich die Türe des kleinen Zimmers geschlossen hatte, legte es sich wie ein Schleier über meinen Geist und fast bewußtlos fiel ich auf mein Lager. Schmerzliche Empfindungen drangen auf mich ein und lähmten förmlich meine Seele. Meine Schläfen hämmerten, als wollte das Blut meinen Schädel sprengen.

Ich merkte nicht, daß sich die Türe wieder öffnete. Erst in dem Augenblicke, als mich zwei kräftige Männerarme stürmisch umschlangen, kam ich wieder zum Bewußtsein.
- Herr Forrai, Sie sind es? Ich bin es, mein süßer Liebling. Welch glückliches Wiedersehen!

Und derselbe Mann, welcher meinen weißen Körper zum ersten male gesehen hatte, welchen ich mit den ersten süßen Küssen meiner roten Lippen beglückt hatte, der aus dem schüchternen Erzieher meines Bruders zum stattlichen Manne herangeblühte Forrai hielt mich neuerlich in seinen Armen.

Ich weiß nicht, wie er zu mir gelangt war, und ich fragte auch nicht danach. Mit glühender Leidenschaft gab ich mich wieder der Lust des Liebeszaubers hin. Meine aufgepeitschten Nerven sehnten sich nach maßloser Befriedigung.

Ich duldete und erwiderte seine Küsse, ich bat ihn selbst um seine Liebesbezeugungen, schmiegte mich eng an ihn an und hatte keinen Moment das Bewußtsein der Sünde. Diese Augenblicke waren die reinsten und am tiefsten empfundene Lust meines ganzen Lebens, welche nicht nur meinen Körper in wonnigen Schauer versetzte, sondern auch den Durst meiner Seele löschte. Als ob berauschende Musik die Macht der Leidenschaft übertönt und meine Nerven beruhigt hätte, als ob ich über üppige Blumenbeete des Paradieses geschritten wäre, so glücklich und leicht fühlte ich mich in diesen Minuten.

Nicht lange. Die Freude währt niemals lange. Wir mußten Abschied nehmen, weil jeden Moment fremde Personen erscheinen konnten. Und verschlimmern wollte ich meine Situation denn doch nicht.

Tatsächlich war es die höchste Zeit, von einander zu scheiden, denn nach einigen Minuten traf mein Schwager ein. Er sperrte die Türe hinter sich zu, nahm an meiner Seite Platz und ließ sich alles erzählen. Ich hatte ihm nichts zu verheimlichen, wahrheitsgetreu gestand ich ihm alles, nur den Beweis meiner Unverbesserlichkeit verschwieg ich ihm, daß ich mich einige Augenblicke vorher in den Fesseln berauschende Liebesfreuden befunden und mich an der herrlichsten Lust der Sinne ergötzt hatte.

- Ändern läßt sich nichts mehr an dem Geschehenen – sprach mein Schwager und schloß mich in seine Arme.

Er drückte seine kräftigen, bärtigen Lippen an meinen Mund und bedeckte mich mit heißen Küssen. – Ich liebe dich, mein süßes Mädchen – flüsterte er – und würde so gerne mit Dir ziehen, aber Du wirst einsehen, daß dies unmöglich ist.

- Ich sehe es ein, erwiderte ich zitternd und schmiegte mich an seine starke Brust.

Er befreite seine Hand und verlöschte die auf dem Tische stehende Lampe.

Scheu verbreitete sich die eintretende Dunkelheit und verbarg die häßlichste der Sünden...

Jemand pochte an die Tür. Wir zündeten die Lampe an und gewährten meiner Mutter Einlaß.

Nun waren wir unserer drei, die wir über meine Zukunft berieten.

Nach langen Erwägungen und eifrigen Debatten wurde beschlossen, mich mit dem Frühzuge nach Wien zu schicken. Meine Verwandten, welche dort wohnten, würden mich gerne für einige Monate aufnehmen. Während dieser Zeit kann der Scheidung von meinem Gatten ein durchaus entsprechender Hintergrund gegeben werden. Die Zeit ist in jedem Falle der beste Arzt, die Entfernung die wirksamste Arznei. Über die Frage der materiellen Angelegenheiten kamen wir dank der Fürsorge meines Schwagers rasch hinweg.

Ich nahm von meinen Lieben Abschied und hatte mit Tagesanbruch abzureisen.

Ich war sehr ermüdet, die Zeit auch schon weit vorge-
schritten, ich suchte daher eilig mein weiches, bequemes
Lager auf. Wohltätiger Schlaf senkte sich bald auf meine
Augen und bis zum frühen Morgen lag ich in ruhigen
Schlummer da.

Lautes Klopfen an der Türe weckte mich aus dem
Schlafe.

- Wer ist da?

- Der Kutscher.

Ich öffnete die Türe und ließ ihn eintreten.

- Ich bitte, ich komm um das Gepäck.

- Ich habe keines.

- Dann bitte ich, sich rasch anzukleiden, sonst versäu-
men wir den Zug, und er zog sich zurück.

- Johann – rief ihm nach – kommen Sie her. Es soll niemand erfahren wen Sie zum Bahnhofe bringen.

- Wenn es die Gnädige wünschen, wird es niemand erfahren, weil ich für die Gnädige selbst durch die Hölle gehe.

- Wirklich?

Ich blickte ihn an und ein feuriger Blick seines Auges
traf mich. Ich fühlte, daß ich mit diesem Feuer nicht spielen dürfe, denn wenn es aufflammt, so entsteht daraus
eine Feuersbrunst.

- Eilen Sie, Johann, ich bin· gleich fertig. Eine Stunde
später saß ich im Eisenbahncoupé.

Im Eisenbahncoupé war eine stattliche Frau meine Nachbarin. Bald stellte es sich heraus, daß wir beide nach Wien fuhren. Die gleiche Richtung und das gleiche Ziel brachten uns rasch näher, und bald war ein lebhaftes Gespräch im Zuge, welches bis Wien nicht ins Stocken geriet. Man findet nicht so bald zwei Frauen, welchen es an Redestoff fehlt.

Obschon es sonderbar scheinen mag, geschah es nicht zum ersten male in meinem Leben, daß ich lange Zeit mit jemandem sprach, ohne daß von dem wichtigsten Gegenstande des Lebens die Rede gewesen wäre. Wir befanden uns schon auf österreichischem Boden, als wir uns endlich erkannten. Zwei alte Bekannte weilten schon einen ganzen Tag nebeneinander und entdeckten erst jetzt, daß es eine Zeit gegeben, in welcher sie sich recht nahe gestanden.

Die stattliche Frau war niemand anders als jene Geburtshelferin, in deren Behausung ich so viel gelitten hatte.

Diese Entdeckung war mir einen Augenblick peinlich, aber auch nur einen Augenblick.

Ich erkannte, daß ich jetzt nichts mehr zu fürchten habe. Ich gelange in eine fremde Stadt, in welcher mich mit Ausnahme meiner Verwandten keine menschliche Seele kennt.

Daß ich in der nächsten Zukunft wieder in meine Heimat zurückkehren würde, daran war nicht einmal zu denken. Die

Bewohner meiner Vaterstadt waren mir verhaßt geworden.

Unser Gespräch nahm selbstverständlich eine andere Richtung, nachdem wir unsere Identität offenbart hatten. So kamen wir auch auf meine kleine Schulgenossin zu reden, welche vor mir in der Behandlung der Geburtshelferin gestanden.

- Die hat ein großes Glück gemacht! Ein wiener Ingenieur nahm sie zur Frau und jetzt leben sie glücklich hier in Wien.

- Vielleich ist Ihnen ihre Adresse bekannt?
- Gewiß. Ich habe sie seither wiederholt gesehen.
Ich erbat mir die Adresse in der Absicht, meine Freundin einmal aufzusuchen, wenn ich mich gerade langweilen sollte.

Wir langten in der österreichischen Hauptstadt an. Als ich in den glänzenden Wartesaal trat, begann mein Herz laut zu pochen. Mein Gott, was harrte hier meiner!

Ich kannte mich. Ich wußte, daß mir mein heißes Blut auch hier keine Ruhe lassen wird, daß auch hier bittere Stunden meiner harrten.

Der Abend war bereits hereingebrochen. Ich nahm einen Wagen und fuhr in die Wohnung meiner Verwandten. Diese waren zu meiner größten 1·Überraschung nicht anwesend. Schon vor einigen Tagen waren sie abgereist und sollten erst nach einer Woche zurückkehren. Zu meinem Glücke befand sich unter den Dienstleuten noch ein alter Diener aus jener Zeit, da meine Verwandten in unserem kleinen Städtchen gewohnt hatten.

Dieser alte Diener erkannte mich, stellte mir ein Zimmer zur Verfügung und versicherte mir, daß ich auch bis zur Rückkehr der Herrschaft jedwede Bequemlichkeit finden werde.

Mein Gemach war ein hübsches Gassenzimmer, das Haus lag in einer der vornehmsten Straßen der Stadt. Mein Fenster ging in einen geräumigen Park, aus welchem frische würzige Luft in mein Zimmer strömte·

Die erste Nacht verlief ohne Zwischenfall.

Ermüdet begab ich mich zur Ruhe und erst gegen Mittag des nächsten Tages hatte ich Lust mein Lager zu verlassen.

Nach dem Mittagsessen dachte ich darüber nach, was ich beginnen sollte. Allein spazieren zu gehen, wagte ich in dieser großen Stadt denn doch nicht. Plötzlich fiel mir meine kleine Freundin ein. Diesen Gedanken brachte ich auch rasch zur Ausführung und eine halbe Stunde später klingelte ich an ihrer Wohnungstür.

Der Diener geleitete mich in einen überaus elegant eingerichteten Salon. Also reiche Leute! dachte ich mir.

Kaum hatte ich mich gesetzt, als die Türe aufging und ein sehr schöner Mann eintrat·

Er entschuldigte in liebenswürdigen Worten seine abwesende Gattin, welche erst in einer halben Stunde zurückkehren wird, und bat mich, mir bis dahin Gesellschaft leisten zu dürfen.

Ich nannte ihm meinen Namen und den Zweck meines Besuches.

Er gab seiner Freude in höflichen Worten Ausdruck und bemerkte, sich vornehmlich deshalb zu freuen, weil er nur selten eine so liebenswürdige ungarische Dame kennen gelernt habe.

- Und Ihre Gemahlin?

- Bitte, lassen wir dieses Tema!

Ich sagte nichts. Lebhafter ruhte mein Auge auf diesem Mann, prüfend maß ich ihn vom Scheitel bis zur Sohle und er schien darüber keineswegs ungehalten zu sein. Seine Schönheit mochte ihn ein wenig übermütig gemacht haben.

Sein schwarzes Auge leuchtete in dämonischem Glanze und ich hatte das Gefühl, als entströmte ihm das Feuer eines Irrlichtes. Er bemerkte die Wirkung, die er auf mich machte, trat näher an mich heran und sprach:

- Warum glänzt Ihr Auge so freudig?
- Weil der Lenz ins Land zog, erwiderte ich leise und fühlte, daß ich errötete.

Er ergriff meine Hand und küßte sie zärtlich. Ich weiß nicht warum, aber ich war für dieses offenbar ehrlich empfundene Zeichen der Zuneigung unendlich dankbar.
Hierauf bot er mir den Arm und führte mich in der eleganten Wohnung umher.

Er zeigte mir alle Sehenswürdigkeiten derselben und schließlich gelangten wir in das Schlafzimmer. Hier gab es wohl nichts Besonderes zu sehen, aber Stimmung herrschte um so mehr in diesem Raume. Kein Wunder, daß wir beide von dem süßen Rausch erfaßt wurden, welcher diesem Gemache entströmte...

Erst das heftige Läuten das an der Tür ertönte, löste unsere Umarmung. Die Frau des Hauses war erschienen und traf uns in völlig unbefangener Haltung an.

Im ersten Augenblicke erkannte sie mich nicht. Als sie sich aber meiner erinnerte, überkam sie ein Gefühlsausbruch, dessen ich mich kaum zu erwehren vermochte. Sie küßte und umarmte mich, strich mir zärtlich über Stirn und Gesicht, liebkoste mich und meinte. Ich wußte noch nicht, ob Freude oder Leid aus ihr sprach.

Ihr Gatte empfahl sich bald und ließ uns allein.
Wir waren allein. Zwei Frauen, durch viele geheime Sün-

den eng mit einander verknüpft. Was ist natürlicher, als daß wir einander auch die neueren Geheimnisse unserer Herzen anvertrauten?

So erfuhr ich, daß meine kleine Freundin noch immer die alte sei. Die Ehe konnte ihre krankhafte Veranlagung nicht unterdrücken und mit Schrecken hörte ich, daß sie mit ihrem Gatten lebe, als wäre er ihr Bruder, daß sie ihn als Mann verabscheue, ebenso die Gesamtheit der anderen Männer.

Weinend klagte sie ihr Los, ihre Traurigkeit, ihr Leid und Weh. Und ich weinte auch. Ich lehnte meinen Kopf an ihren Busen und meine Tränen durchfeuchteten ihr leichtes Hauskleid.

Neuerdings öffnete sich die Türe vergangener Geheimnisse vor mir und längst vergessene Vorfälle drängten sich mir auf. Sinnenden Blickes betrachtete ich die weinende Frau, welche ihr in Tränen gebadetes Gesicht dem meinigen immer mehr näherte, bis sich unsere Lippen in einem glühenden Kusse fanden. Ihr Arm hatte sich inzwischen um meine Taille gelegt, wir wurden wieder die Unzertrennlichen...

- Nicht wahr, Du wirst uns nicht verlassen? flehte sie mit scheuer Liebe.

- Ich bleibe hier, antwortete ich und ergab mich dem Willen des unbekannten Verhängnisses...

Und so lebe ich jetzt im Hause meiner Freundin. In einer fremden Welt, unter dem Deckmantel der Tugend, am Opferaltare der niedrigsten Sünde. Ich drängte mich zwischen Mann und Frau und bin beider Glückseligkeit. Der Mann ist mein Geliebter und ich bin die Geliebte der Frau. Wer wirft deshalb einen Stein auf mich? Wer die letzten

Jahre meines Lebens prüfte, wird mich bedauern, aber nichtverfluchen.

Ich konnte und kann gegen mein Schicksal nicht ankämpfen und kann nur weinen.

Ich beweinte die ersten Augenblicke der Lüsternheit, jene geheimnisvollen Momente, in welchen die Natur zum ersten male das Weib in uns erwachen läßt.

Ich beweinte die Stunden unbewußter Verirrungen, denn ihre Folgen sind entsetzlich. In einsamen Stunden schreibe ich in meinem unendlichen Seelenleide klagende Worte nieder, in welchen die Sehnsucht nach Reinheit aufschluchzt.

Oft betrachte ich die jungen kichernden Mädchen und Tränen steigen mir in die Augen. Ich sehe ihre weißen, jugendlichen Körper vor mir, welche die Wärme der erreichten Reife durchrieselt, und bedauere sie ob des sündhaften Weges, den sie betreten werden.

Sie sind rein, wie ich es war, und werden häßlich in dem verzehrenden Feuer der Liebe. Alles ist vergänglich.

Es ist die Bestimmung der Frau, ausgesogen und ausgenützt zu werden und zu verderben. Wer noch rein ist, blicke auf mich und wer genug Kraft besitzt, wende sich ab von dem Wege der Sünde. Wer aber der Versuchung unterlegen ist, der weine mit mir...

Gemeinsam wollen wir weinen und beten...

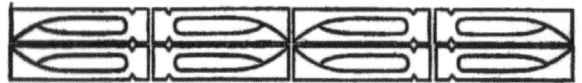

Schlußwort

Ich bitte meine freundlichen Leser, dieses Buch nicht achtlos bei Seite zu legen. Denket darüber nach, was ich geschrieben habe, und über das, was man nur zwischen den Zeilen lesen kann. Es ist keineswegs ein alltäglicher Fall, von welchem die Rede war, und ich kann mit Bestimmtheit sagen, daß es nicht nur meine Geschichte ist, welche ich niederschrieb.

Es ist vielmehr die Tragödie vieler Mädchen. Glücklich diejenigen, welche so lange in äußerer Unwissenheit ihr Dasein fristen, bis sie mit Fug und Recht die Schwelle der Glückseligkeit überschreiten dürfen. Aber wer kennt die Zahl jener, welchen es ebenso ergangen ist wie mir, deren jugendlichen Flügel von der hell strahlenden Flamme, welche sie umschmeichelte, versengt wurden?

Wer ist der Schuldige? Ruhig und reiflich erwogen spreche ich die Worte aus: Ich nicht. Und niemand ist sündig, welcher unter solchen Verhältnissen vom Pfade der Tugend abweicht. Sündig ist nur die Gesellschaft, sündig die Scheinheiligkeit derselben sündig ist das System der heutigen Mädchenerziehung.

Sie stellt die Liebe als ein mystisches Wunder dar. Die rasche Phantasie des Kindes kann dasselbe nicht erfassen, trotzdem es tiefe Sehnsucht danach empfindet. Und wenn dieses Wunder erkannt wird, ist es schon zu spät, viel zu spät! Dieses kleine Buch sollte diese gesellschaftliche Krankheit klarer zum Ausdruck bringen. Wenn ich dieses Ziel erreichte, werde ich mich durch den Erfolg überreich belohnt sehen. Denn ich kenne nichts schöneres, edleres, vornehmeres, als das Werk der Aufklärung. Es ist mein Mißgeschick, daß ich dies um den Preis meines eigenen Lebensglückes erkennen mußte.

Ich fühle mich als Märtyrerin, welche unter dem Kreuze der Liebe leidet und trotz ihres müden Körpers zum Allmächtigen um Erlösung fleht. Und ich fühle, daß diese Erlösung die wirklich sein wird. Der Erlösung der Seele folgt die Erlösung des Körpers. Und dies wird ein herrliches Fest der gesamten Menschheit sein. Glücklich, wer es noch unberührt erreicht, denn er wird des erhebenden Zaubers der reinen Liebe in uneingeschränkter Weise teilhaftig werden.

Im Rahmen der gesellschaftlichen Bewegung dämmert schon die Morgenröte einer neuen Welt. Der siegreiche Tag wirft seine Strahlen voraus.

Einige dieser Strahlen treffen auch mein bleiches Antlitz. Ich hege nur noch den Wunsch, die Richtigkeit meiner Prophezeiung bestätigt zu sehen, und bin gegen mein ferneres Schicksal gleichgültig, auch wenn ich zu Grunde gehen muß, auch wenn die Spur meines Lebens und der Saat, welche ich streute, verloren geht. Wer mir vertrauen kann, wird mein Buch nicht vergeblich gelesen haben.